Zunik DANS
Je suis Zunik

À Alma

Les éditions la courte échelle inc.
5243, boul. Saint-Laurent
Montréal (Québec)
H2T 1S4

Conception graphique: Derome design inc.

Dépôt légal 3e trimestre 1984
Bibliothèque nationale du Québec

Les éditions la courte échelle inc.
Montréal – Toronto – Paris

Données de catalogage avant publication (Canada)

Gauthier, Bertrand, 1945-

    Zunik dans Je suis Zunik
    Pour enfants de 3 à 8 ans.

    ISBN 2-89021-046-4

    I. Sylvestre, Daniel. II. Titre.

PS8563.A847Z3 1988   jC843'.54   C85-010251-0
PS9563.A847Z3 1988
PZ23. G39Zuni 1988

> OUI,OUI, C'EST BIEN MOI, ZUNIK

007436

Je vais à la maternelle et j'aime bien ça.

On joue, on danse, on se détend, on s'amuse beaucoup.
Parfois, on se dispute un peu.

Lui, c'est mon père François et elle, c'est Hélène, son amie.

Parfois, il regarde la télévision avec moi. Il a l'air de bien
s'amuser et on rit ensemble.

L'autre jour,
il m'a emmené avec lui
faire le lavage.

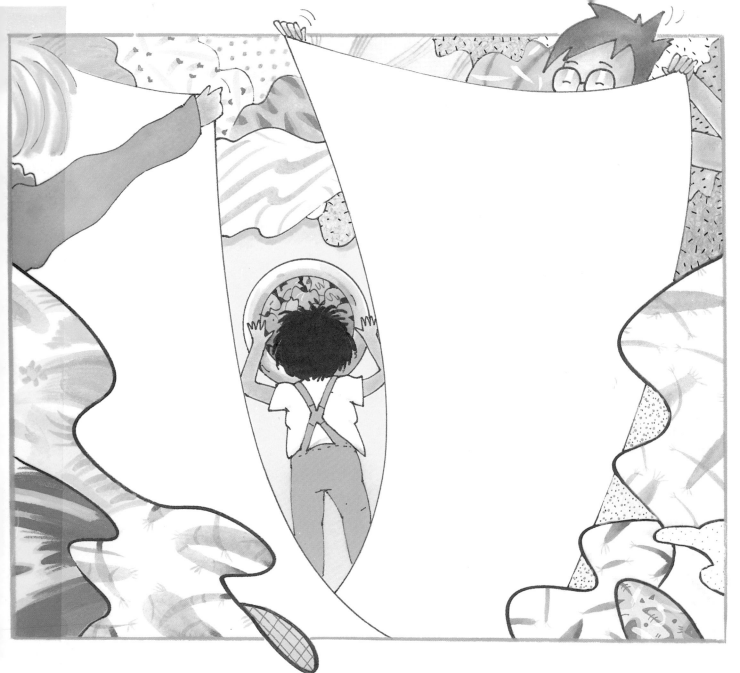

Hélène est venue nous rejoindre pour nous aider
à bien plier les draps. C'est grand des draps,
même pour mon père.

De retour à la maison, François nous a fait de bonnes crêpes. Certains jours, j'aimerais bien qu'il soit cuisinier à la maternelle.

Ce samedi-là, il ne faisait pas beau et je suis allé
au cinéma avec Raoul et sa mère.

C'était un film drôle. Il y avait des enfants, des animaux, des extra-terrestres et un gros camion rouge.

J'ai aussi beaucoup pleuré parce que c'était triste à la fin.

Revenu chez nous, mon père s'est aussitôt mis à me disputer.

Il s'est fâché, seulement parce que je voulais manger des biscuits au chocolat avant le repas.

Quand j'ai vu ça, moi aussi je me suis mis en colère.

Il m'a alors conduit dans ma chambre. Ce soir-là, j'ai raté mon émission de télévision préférée.

Je me suis finalement endormi et j'ai fait un drôle de rêve.

Je volais au-dessus des nuages. À un moment donné,
j'ai vu l'avion d'Éric qu'on avait perdu à la garderie.

Par la suite, j'ai aperçu un gros poisson avec des ailes.
Il s'est approché de moi et m'a remis une grande feuille
sur laquelle il avait dessiné son portrait.

En me réveillant, le lendemain matin, j'ai dessiné
le wawazonzon.

Ensuite, je suis allé raconter mon rêve à François.